主编 凌翔　　　　　　　　新时代精品朗诵诗选

# 诗心盈路

心盈 著

中国民族文化出版社
北京

**版权所有　侵权必究**

图书在版编目（CIP）数据

诗心盈路/心盈著. — 北京：中国民族文化出版社有限公司，2020.6
ISBN 978-7-5122-1339-5

Ⅰ.①诗⋯　Ⅱ.①心⋯　Ⅲ.①诗集—中国—当代　Ⅳ.①I227

中国版本图书馆CIP数据核字（2020）第040474号

书　名：诗心盈路
作　者：心　盈
责　编：陈丽红
出　版：中国民族文化出版社
地　址：北京东城区和平里北街14号（100013）
发　行：010-64211754　84250639
印　刷：唐山楠萍印务有限公司
开　本：710mm×1000mm　1/16
印　张：13
字　数：120千字
版　次：2020年6月第1版第1次印刷
书　号：ISBN 978-7-5122-1339-5
定　价：49.80元

# 目　录

## 第一辑　醉在你的心语

露珠的心情　002
梧桐物语　003
旋转的雪　004
柳　006
空谷幽兰　007
小语斜阳　008
叶子的歌　009
露珠的话　010
蝴蝶　011
晚霞的梦　012

天使的家　013
秋叶小唱　015
路上梧桐　016
路边的五色堇　017
菊与蝴蝶的传说　018
夜半雨声　019
露珠　020
雪落如歌　021

约　023

早春之殇　024

花写给蝶的信　025

水语　026

我看到，鱼的舞蹈　027

落叶　028

海的想象　029

晚霞的妆　030

玉米地　031

花生田　032

别样的莲　033

林荫路　034

太阳的故事　035

风的爱情　036

雪的笑　037

路语　039

角度　040

恋　041

我拿什么赴你的约　042

亮　043

流走与留下　044

两棵树　045

夕阳下的南瓜花　046

乌云满的时节　047

银杏暮　048

我的两点一线　049

开往北京的高铁　050

## 第二辑　将树影剪成星星

让心境轻盈　052
深夜，读书　053
雕刻花朵　054
执着　056
青春寄语　057
在水一方　058
梦的怀想　060
寻找一种颜色　062
醒　064
眨眼睛　065
云泪　066
淡紫色的冷　068

雪中的行走　069
与执着有关　071
缘分　072
帘卷西风　073
丢失的花朵　074
午后读《繁星春水》　076
将岁月折叠　077
祝福　079
北方的春　080
路殇　081
楼窗　082
涿州双塔　083
拾　084

祖国的生日，走过一首歌　086
圆形的早晨　089
遇见农民工　091
卸妆　094
允许　096
中年的书　097
晚归　098
纺织阳光　099
种几畦微语　100
种诗　103
挽住生活的衣角　104
诗书岁月长，白发不相忘　105
年龄与心龄　106
雄安腾翼　叫醒蓝天　107

## 第三辑　爱是一种美好的力量

星光下的小船　112
偶遇　113
雪忆　115
错过　116
如果　117
旷野，有棵树　119
梦的国度　121
提醒阳光　124
初夏，黄昏　125
迟到　127
时光的题目　129

| | |
|---|---|
| 风景 | 131 |
| 握住 | 132 |
| 古老的忧伤 | 133 |
| 梦里清辉 | 134 |
| 水穷处，云起时 | 135 |
| 梦里洛神 | 137 |
| 初雪 | 138 |
| 前世今生 | 139 |
| 祭奠 | 141 |
| 原因 | 142 |
| 难题 | 143 |
| 你的声音 | 144 |
| 牵 | 145 |
| 淡紫色的时光 | 146 |
| 回眸 | 148 |
| 时间深处 | 149 |
| 寻找那个字 | 151 |
| 秋 | 153 |
| 雨季 | 155 |
| 缘起 | 157 |
| 今夜，花木葱茏 | 159 |
| 水乡晚景 | 161 |
| 隐退 | 163 |
| 如果你不开心 | 164 |
| 你是我美丽的暖 | 166 |

05

## 第四辑　做一个相逢的梦

还给冬季一场思念　168

做一个相逢的梦　169

远祭　171

悟　172

那抔黄土　173

爱你，就要放弃你　175

美丽的忧伤　177

晨　179

痛　180

生命的残缺　181

后面　182

星星很多　184

遥远的母亲　186

蒲扇　188

布谷叫的季节　189

母亲的课堂　191

福　192

龙抬头，春的守候　194

暖·爱　197

我的思念住在花里面　198

# 第一辑 醉在你的心语

　　我始终相信,大自然是有感情的。一朵花,一枚叶,一株草;一阵风,一场雨,一片雪;一弯月,一抹霞,一颗星;一缕阳光,一滴露珠,一畦庄稼……万事万物,都有自己的心情和语言要告诉你,就看你是不是能够用心聆听——我听懂了,就这样醉在你的心语。

## 露珠的心情

当晨曦在遥远的天际

缓缓地铺开

我知道阳光正在走来

就像我知道

所有的璀璨与晶莹

终于能够在黑暗与冰冷之后

于等待的终点

为我盛开——

# 梧桐物语

风吹来明亮的音符
与梧桐
远远地相牵
阳光透过枝叶
拨亮无数金色的琴弦

初秋的歌谣　就这样
不需要语言
许多个梧桐子
牵着叶子宽宽的手
微笑着——
舞步　婆娑

一只燕子从这里路过
它飞翔的弧度
也如此温暖

# 旋转的雪

一

为了不辜负天际的云朵
那洁白的嘱托
她请清风作剪
再邀来花儿的形状
裁一片飘逸和轻盈
只从未想过
这个飘落的季节
注定落满苍茫的冷

二

多么想用单纯的美丽
去问候阳光

多么想用翩跹的舞姿
去装点大海的波浪
可阳光无语呵　海也沉默
于是渐渐寒冷渐渐不懂
该如何飘落——
这是一场旋转的雪
这是一场雪中的旋转

## 三

曾在清风的掌心入梦
曾在云朵的怀里睡眠
遇上尘埃的时候
就遥望长满麦苗的田野
走过了一条冰封的河
也拣尽了一路寒枝
我听到一朵雪花在唱歌
一支没有答案的歌
那段遥远的旅程呵
忽而短暂得令人心疼

# 柳

在时钟走过的灯晕里
在阳光落下的声音里
在蝴蝶吻过的花瓣上
在蜻蜓点起的水纹里
在春风的每一缕温柔
写满你永远年轻的名字

因为分别
是一件永远年轻的事

别后的诗句
每一个文字
都是你的叶子
夜色凝聚在你长长的枝条
柔柔地垂落
又缓缓地流淌
一条卧着月光的河

# 空谷幽兰

那蜂围蝶阵的喧闹
其实是一种孤独
我开放
不是为了众多的羡慕的眼光
也不一定　要有人懂
我喜欢读一朵白云的缥缈
我喜欢听一派清流的歌唱
我只想邀一缕轻风
与我探讨
这空谷里并不空的奥妙

# 小语斜阳

生活的苦难

最容易让心情走进

独倚危栏的黄昏

可幸福若不自苦难中长成

会不会也有一种惆怅

日落是很美的景色

松风起处有云光履迹山翠拂衣

而芳草无须断肠

夜来了——

那只是太阳走在了回家的路上

# 叶子的歌

一路走来　将时光握在手中
织一张柔韧的网——
在那些被太阳遗忘的日子
仰望生命的天空
曾经怎样　风起云涌
岁月如沙沙的落叶
以从容的黄色蝴蝶的舞姿
来回应风暴——
只是因为舞蹈
是一种生命的形式
如同校园的操场上
曾经　阳光怎样明媚地
跳跃着——
曾经　它怎样绿过
在时光的网中
在少年的手上
所有的绿色都是存在的证明
所有的叶子都是生命的歌

## 露珠的话

让我的生命
就这样短暂吧
比起那永久的
安逸的暗淡
我独爱
独爱那一种
易碎的晶莹

# 蝴蝶

你用翩翩的舞姿
舞成一份炫目的美丽
可知那美丽后头
隐藏着忧伤几许
只因那惊叹的目光背后
也许　不全是赞誉
我心疼了——
不是为了那美丽太脆弱
而是张开了捕捉的网
那网后面的心
不懂得疼惜——

# 晚霞的梦

我从天的那一边走来
也曾洁白　也曾轻盈
也曾爱慕叶的绿　花的红
也曾听见同伴轻轻洒落
一支雨滴的玲珑的歌
当天色已晚　当斜阳已暮
我将满腔的热情
绵延万里　做天地之间
最绚丽的一场燃烧
没有人能懂　我心中
曾有怎样一个葱茏的梦

# 天使的家

那里是天使的家
那里有五彩的霞
当夕阳已经西下
你是否还认识
它就是清晨你熟悉的那轮旭日
它曾用万丈的光芒
撞开黑夜那合起的手掌
它让草叶上的露珠晶莹
晶莹是天使的眼睛

当柳枝细语　当蓓蕾初绽
当翠叶藏莺　当轻风舞燕
当田野上又走来
一行行蹦跳的童话
天使正挥着双翅
将你诗人的忧伤　小心地收藏
而所有尘世中的笑容

也会因此澄澈　晶莹
一如露珠一样的天使的眼睛
那么你是否还认识
天空里那高高的云朵
是露珠最温柔的归宿——
当夕阳已经西下
那里有五彩的霞
那里是天使的家
……

# 秋叶小唱

秋来

便有一阵轻盈的风

携着色彩而来

将叶子成长的沉默

舞成衣袂翩然

即使蝉声仍在耳际回响

那也只是偶然的心伤

怎么舍得不放飞自己呢

当天空高远成一片蔚蓝的希望

当阳光为她披上

一身金色的衣裳

# 路上梧桐

有多久了
没去听风的语言
云的说话
日日走过梧桐树下
伞样的他
已不复旧日风华

告诉我　枯黄
萧瑟的只是秋深
你匆匆又匆匆
只为　心里梧桐
久违的
——久违的葱茏

# 路边的五色堇

那一刻　你将阳光的等待
用闪烁的颜色　诉说
而我不想说
有过多少车　疾驰而过

如果　有一声蛩响
可以在深夜里织成
如果　有一颗露珠
不会在黎明前干涸
我会将柳枝做弦
我会用清风弹唱——
一支无需颜色的歌
而舞步　是月影婆娑

# 菊与蝴蝶的传说

枝头是将落未落的秋叶
田野用古老的沉默
托住了苍凉而遥远的霜
就像该赏菊的时候
只能想象那只蝴蝶
那只已飞不动的蝴蝶
它曾在夏天飘逸着美丽
可它告诉我说
它牵住了一棵菊花的心
没有牵过那朵花的手

# 夜半雨声

已经深夜了　很冷
为何还要有雨　加三分凉意
雨声滴滴——
那不过是我给夜幕
谱的几个音符
再捎带着给明晨的空气
梳几缕清新明朗的风

# 露珠

你小小的　易碎的生命呵
是盛在我掌心的　小小的哀欢
等待了一个何其漫长的夜
而夜　又何其太凉
是什么力量呢
让你一点一点地　将透明凝结
而我　做为一片叶子
愿在你凝结的清澈里
写一页心形的绿色的背景
待到这凝结圆了
待到这夜色尽了
你有晶莹得使我窒息的美丽
你有更晶莹的消亡

## 雪落如歌

其实我并不想
让云朵的心情盛开
不只是因为飘落——
飘不来绿肥红瘦
落不下满枝硕果

我也并不想　栽种一缕香
在天空的心跳处
长成一朵美丽的漩涡
如果风走了
海面会写下温柔的水波
那么雪落了
有没有一盏灯
会暖成一首歌?

而明晨——
我愿在阳光的手掌

谱就水滴清澈的旋律

因为我 是那么深地理解

我所钟爱的晶莹

是一种明亮的年轻

# 约

尽管寒流再一次来袭
人们惊诧于这春日的雪
我依然固执地　勇敢地
用我柔嫩的笑容
去践那花开的约……

晨时我醒来　还是那只小鸟
围着我冰凉的脸颊
清脆啼唱——
我将花香梳进它的翅羽
知道，我值得
在早春的料峭里
娇美　芬芳……

# 早春之殇

当我欣喜于自己千娇百媚的花蕾
却又转瞬即见
即见　漫天花雨那纷纷扬扬的泪

那些春装轻盈起来的时候
被阳光宠暖的风
正在满地追逐
一朵朵曾经的饱满丰饶
追逐　我渐渐瘦了的心事
甚至我还来不及懊悔
是否开放得太早

## 花写给蝶的信

当蜂儿簇拥　当蝶儿曼舞
我只看到自己
容颜如玉
直到飘零的刹那
我满眼里　满眼里
全是　那双洁白的蝶翼

若春再来　若芬芳再能
满我心怀
你可否　可否
再在这一刻
化茧成蝶

# 水语

下了一夜的雨
路的转角有浅浅的水洼
人们都小心地绕过它
包括那个小孩子
也被父母喊住了脚步

我也小心地绕啊绕
只是走过之后
我又忍不住回眸——
一只燕子　正用它的翅尖
在水面上写一句话
一句就漾开了无数句
那只有水洼才听得懂的
悄悄话

# 我看到，鱼的舞蹈

当风儿柔柔地

拥住了树梢

当阳光暖暖地绽放

我相信　水的澄碧

是为金鱼而准备——

而金鱼在水草间

追逐一串彩色的童趣

那么即使夜晚

——终将来临

为灯光而感伤的眼睛

一定在泪的晶莹里

数着星的晶莹

在长发的芬芳里

追寻更遥远的芬芳——

而月亮就躲在云的背后

为自己罩一个

盈盈淡淡的妆

# 落叶

如果树枝以挽留的目光

送走落叶

风就以歌唱

追逐落叶的舞蹈

而大地只是默默

敞开古朴的怀抱

叶子就这样

这样回到了自己的童年

静静,闲眠

## 海的想象

当海浪用透明的语言
无数水滴的交响
绽开花朵——
有一首歌会开放
有一个字正在起航
浪花是那样短暂的美丽
海却永远在唱歌　它说
我用我的歌做成一片云，
它会飘到你的窗前吗？
……
有一天你正埋首读书。
那朵云
就在天空深处

## 晚霞的妆

夜幕的手掌　慢慢合上
我一点点离开
虽然那么舍不得
天空那深远广博的怀

用最绚丽的心情
作别夕阳、晚风、树影……
还有我对这世界，满满的爱
相信这是一个盛大的礼仪
我曾经为她
做了一场美到极致的晚妆

# 玉米地

满眼是青翠的希望

还有那以无垠

做背景的弓起的剪影

在阳光的骄傲下不肯认输的

永远是那干瘪却雄浑的

黝黑的背脊

与大地是同一个颜色

同一种气息

锄头是笔　目光如炬

汗滴成标点

青纱帐就这样

写成了老农的诗行

# 花生田

从孩提时代起就是这样

矮矮胖胖一簇一簇的

一直毫不起眼

直到长成花生果

也依然矮矮胖胖

由地上低调到了地下

更不起眼了

似乎一夜之间

家家的饭桌上都多了

一盘新鲜的煮花生

房顶上也晒满了果

田里一下子空了　大地却还记得

曾经怎样

写了一个美丽的星空传说

——花生用那些年轻的岁月

那些密密匝匝的黄色的小花朵

# 别样的莲

走在胡同　走在篱舍旁
眼睛常常被点亮——
那撞进目光里的三五朵金黄
正向着太阳热烈地开放
将村庄这幅古朴的画
点染得如此灵动　如此年轻

或者风　或者孩子的土仗
或者农用车
扬起一路灰尘之后
向日葵
依然是那样金黄的明亮的笑容
于苍茫见清新
处烟尘而不染
它还有一个名字
叫作——望日莲

# 林荫路

一层一层织啊织啊
无数叶子的叠加就是一片海
一声一声唱啊唱啊
蝉声就如波浪漫过了夏天
漫过了黄牛背上唱歌的牧童
漫过了把酒聊过的场圃与桑麻
被这片海润绿了的阳光
被这波浪唱亮了的童心
一浪又一浪
从唐诗走进了今天的田园

# 太阳的故事

如果我是一棵树
我知道太阳也会哭
他有明亮的眼睛
他看过很多美丽的花开
他却始终无法
将一滴露水的晶莹
拥入自己温暖的怀

我只是一棵很老的路旁的冬青
一如时光
见证了这场短暂的爱情
我分明看到
在每天、每天的明亮背后
太阳怎样隐藏了他的悲伤
他只能　托付一场雪
或者一场苍凉的霜
轻轻地盖在我的身上
也盖在他吻过了露珠的地方

# 风的爱情

秋季　有一阵风

初初长成

夏的烈日与暴雨使他忧郁

忧郁使他无视秋的灿烂与丰饶

将满腔温柔付与一株木槿的微笑

他说那微笑孩童一样美好

却不去想

木槿树的花朵已残

叶子已经衰老

那紫色梦一样的氤氲

使多少心事　潮湿

多少花间的露珠

跌碎了自己的美丽

犹如　风对木槿的爱情

当他热烈地吹过

那落了一地的叶

就慢慢　慢慢

冷在凝霜的空阶

# 雪的笑

我曾经偎在
一朵白云的温柔的怀
听她低低地嘱我：
不要怕冷　让寒冷雕刻
我六角形的晶莹的美丽
不要怕风　让朔风漫舞
我的生命　本是一场
天地之间的盛开——
而大地正敞开古老的怀抱
用他深沉的爱　和全部的热情
呵护我花朵一样美丽的脆弱
让山川湖泊　都做了我盛开的舞台
我无法回报他的热情
只能用我洁白的生命
微笑　直到笑出了眼泪
直到这泪也终将干涸
直到春来——

直到大地的角角落落
都在为我　唱一支
蓬勃而出的绿色的歌

# 路语

就让匆匆的步履

慢一些　再慢一些

让那些夏日的葱茏

进驻眼底　漫上心头

珍爱每一个绿意浓郁的季节

怀里就这样　柔柔地拥着

生命中　每一朵芬芳美好

请相信

我们总能有一些闲暇

听一听小鸟在商量什么

蝉的歌唱是这样热烈执着

梧桐有着憨憨的笑

他正在看垂柳　轻盈袅娜的舞

# 角度

你说，岁月如石
青春似水流过
曾经的热情
慢慢地硬　慢慢地凉

我说，石可成玉
年华如诗写过
曾经的美丽
慢慢地莹　慢慢地润

# 恋

风握了树的手
鸟唱了一支新曲

风拂过花的脸
蝶炫了一路舞姿

风落在海的肩
所有的波浪都涌向
他离开的地方

## 我拿什么赴你的约

花用轻盈赴春的约
蝉用热烈赴夏的约
叶用斑斓赴秋的约
雪用玲珑赴冬的约

我拿什么赴你的约呢
如果
你的怀里
早已为我备好了四季

# 亮

让花盈盈笑
让蝶自在飞

读懂了叶的心事
时光就这样醉了

阳光与长发一起飞扬
花香在眉间缓缓荡漾

你来的时候
岁月就这样亮了

## 流走与留下

闲闲晚风飞草花
漠漠斜阳走云霞

用纯银的目光
串起水晶的心情

如水人生
流走的　是沙　和艰难
留下的　是诗　和温婉

## 两棵树

走过春　走过秋
岁月为我们静静相守
我知道你怎样成长
数了星光　数云影
你知道我怎样成熟
听了冬雪　听春雷

问过风　问过雨
对话生命之绿
自从决定了与你并肩
就有阳光如酒
酿了千年万年

# 夕阳下的南瓜花

硕大的黄色花朵

连云成片

此刻　她们是任性的孩子

可以大笑　可以打滚

在无限温柔的夕阳的怀里

每一朵都是一个醉酒的李白

挥毫而开

美是可以这样的霸气狂野

像肆意的呼喊

又像奔放的水墨云烟

## 乌云满的时节

一切

不过是一场

终将放晴的雨——

乌云满的时节

一定有这样的太阳

是一片光的瀑布

千万线水流　如梳

梳走眉头的结

和心头的白发

树叶摇着扇子的歌

流转如网

密密地织　缀满花香的衣裳

# 银杏暮

暮色清浅
思念靠在金秋的岸
家门前的银杏
次第盛开
一树的金语
一地的蝶飞
那样明艳的妆
欲待不扰
又恐明晨　嫁与秋风

## 我的两点一线

在办公桌上
捧起花香
就捧起了无数阳光
于青丝白发之间
温柔流转

家门口紫藤花开
雨和着它热烈的香
只为氤氲一个有你的梦境
密密织锦　芬芳玲珑

月　莹润如杯
一路走
一路舀起春夜的风
风就带了花开的消息
在杯底　甜甜软软

# 开往北京的高铁

车窗外的绿

是一场殷殷的等待

总有一双眼睛 一颗心

自荒原走来 青翠盛开

此刻

请允许我做个任性的孩子

半生苦痛 如洪泄去

转身抖落眉间风雨

我愿我的时光

是青青的山冈 丰洁茂盛

一起一伏

都是一呼一吸的肺腑

## 第二辑　将树影剪成星星

　　曾经，忧郁的少女时代里，最爱躺在高高的麦秸堆上数星星，觉得每一颗星星都有一个忧伤的故事，就像我一样。那个时候不爱笑、不爱说话，花谢了伤心，叶落了伤心，露珠滚下来了也伤心。好在后来慢慢知道花其实不悔开过，叶其实飘落也美，露珠自有它晶莹的爱……而我，也应该努力让自己幸福快乐，让心境轻盈。我是一阵小小的风，喜欢将树影剪成星星，闪闪烁烁，明亮清莹。

## 让心境轻盈

　　黑夜的足音

　　踏出一曲幽谷的琴声

　　在乌云的背后

　　弹奏着晴空

　　即使星和月都不在听

　　我的飞翔

　　还有风儿可以作证

# 深夜，读书

深夜　我并不孤独

寝室已睡在夜的摇篮

夜却没有忘记

送我一束清幽的静谧

而那盏可爱的台灯的光芒

透过书页

映亮了时空

只是几页纸几页有灵魂的纸呵

承载了多少厚重

于是深夜　渐渐弥漫

一种暖暖的属于阳光的温度

我不孤独　因为有书

书不孤独　因为

有我——

# 雕刻花朵

旋舞了许久许久
那冷冽而曲折的风
我束起飘扬的发丝
束起了一缕久远的风中的忧伤
风却不肯停止灰色的姿势
将冬日的苍茫一点点延长
我展开洁白的信笺
却落不下一个字 迟迟
要怎样将冬日依然继续的消息
寄给遥远的柔嫩的春天
还有我那温暖的丰盈的希望
我的笔握在我的心头
笔下的句子萦绕了许久许久
直到那朵娇弱的小巧的迎春
用它宁静的妩媚和淡雅的馨香
悄悄唤醒我的眼睛
我终于知道

作为一柄刻刀
寒冷　只是生命中
另一种热情

# 执着

我凝望着天边

那朵最远的云——

微微的光晕里　原来

星星的眼睛没有闭

于是我把夜的帷幕拉开

让所有的星光都璀璨

让所有的琴歌都悠扬

手中的笔满蕴着心曲

托付夜风　带进花丛

铺成我梦中的芬芳

如同小时候

我将天真磨成一粒圆石

投进岁月的湖面　而那波纹

摇荡——

向着生命的远方

## 青春寄语

有花季的绚丽
有雨季的凄迷
你的到来
总让年轻的心灵
措手不及
不经意间
忘记了你匆匆的步履
于是　错过了

错过了晚霞　亦错过了晨曦
错过了许愿　又错过了誓言
错过了播种　也错过了编织
错过的　是整个春季
而青春永远在微笑
她只告诉了我们一句
倘若不是因为错过了
你要怎样才懂得我的美丽？

# 在水一方

想海的时候　就看一看天
去捕捉心底　是否
还藏有那一抹蔚蓝的清澈的勇敢
就像浮躁的夏天
弥漫在人间的时候
是否还会有几朵芬芳的花
留恋着春天嫩绿的枝头
——不肯离开？
就像黑暗来临
群鸦聒噪的时候
是否还会有一只飞翔的燕子
飞翔的孤独的燕子
——飞得很高很远？

看天的时候　就想到海
而风是夹带着沙尘而来
——那只燕子呵！

坚强的勇敢的燕子
她从黑暗的噪音里飞来
她从春季的天空里飞来
飞向的　是一片蔚蓝
一片辽远
就像波涛汹涌的时候
所有的水花都拥挤都喧嚣
是否还有一朵洁白的波浪
孤独的美丽的绽开在
——在水一方

# 梦的怀想

当我们用生活本身
印证生活的时候
我们也在用梦的语言
诠释梦境
是夜黑得单调——
我们用煎熬的苦痛
蘸着如水的月光
铸一支梦的画笔
斑斓的色彩堆砌了一种无奈
驿动的情怀塑造着悲伤的纯洁
当我们在梦中拷贝了心灵的原野
幸福却没有备份
而现实——
在润绿了那片荒芜的草坪之后
在唤醒了那只沉睡的百灵之后
又残忍地回到了美丽的平庸
我们不能改变什么

我们又明明

已经改变了什么

如果梦不能做一双翅膀

它也一定是一朵白云的柔肠

哦　那将泪水凝结成雨滴的

那将雨滴编织成柔情的

如絮的白云呵！

夏日里送你一树绿荫

冬日里为你裁一件

可以遮风御寒的衣裳

# 寻找一种颜色

时光陷落进一种苍白——
这是一个容易褪色的季节
它睡在一个容易褪色的世界
树叶绿了又枯
枯了依然会绿
四季在往返中　沐浴一束阳光的投影
而我们　会固执地追寻
寻找一种颜色
那是一种让生命不再苍白的
美丽的颜色呵！

当心灵屹立成一种高度
赶路人邂逅了生命的支点
将攀登作为存在的永恒
再把梦解读为一种善良
我们着色的努力
是一种缤纷的情怀

就像时光的流逝

流不走曾经的钟爱

而梦会归于大海的广博

星空不会寂寞

当我们找到了让它闪烁的颜色

真诚的力量足以让我落泪呵

我不小心　让露水打湿了一份心情

然后听阳光的诉说

说这个世界　不曾单调过

# 醒

在晓梦的边缘
拾起梦呓
用泪雾的迷茫
遮挡雾雨
在这个落英缤纷的季节
那曾含露的花朵
也飘落成
一场脆弱的雨——
晨风被淋湿了双翅
再也飘扬不起
一首远远的
悲伤的歌曲

# 眨眼睛

车流汹涌的时候
那支小溪流的歌
藏在了天的哪一边
而阳光有没有忘
吻那遥远的海的浪花
当车窗外的春天
也已经不再年轻
我握住要走的清晨
眨了一下眼睛——
我是一朵小小的风
很久以来一直在山谷里散步
等到绿荫浓了的时候
我会将树影剪成星星

# 云泪

就这样　坐在窗前
听雨——

我猜　那是云朵洒下的泪滴
我邂逅了一种蓝色的美丽
数着她的声音
直到把干涸的心情
数进了梦一样的迷离
再葳蕤成一种希望
如窗下的芭蕉
久已蒙尘的芭蕉
盼你　于世事如尘之际
于世情如尘之际
盼你以透明的纯洁
摇醒沉睡的叶子的旋律
它就慢慢舒展
慢慢盛满了

一叶叶一声声的别离

而我　为着一份听雨的情结
忍心遥望你来自天空的泪滴
痛苦着我尘埃落定的希冀
直到雨雾笼住了纱窗
也笼住了芭蕉叶上的哀伤
笼住了暮色苍茫

就这样——
坐在窗前　听雨

# 淡紫色的冷

落花如雨的早晨

微风拂过了绿荫

衣袂翩然的蝴蝶

舞着轻寒　舞进黄昏

昨天粉红色的梦幻

随着长发飘远

流水悄悄　带走了流年

然后在时光的底片上

冲洗那被人遗忘的幕景

我站在景色的旁边

独自忧伤

一种淡紫色的冷

# 雪中的行走

很久很久以来我第一次走出室外
因为这场错过了冬季的雪
因为久　已误了你的约
因为孩子们的雪仗　会让我年轻
因为年轻的心　怎能干涸
我渴望呼吸　为了春天
和春天的雪

这是一场雪中的行走
雪洗净天空也擦亮了心情
我愿意忘记
卧床太久的憔悴
和那么多那么多　过往的泪

有风拂过　长发与雪花一起飘扬
几个路人对我含义丰富的回眸
我转过头看那个小小的女孩

看她一只手牵着妈妈

另一只手让一朵雪在掌心融化

空气清新　而孩子眼睛明澈

我微笑了　柔柔的

我让自己的笑　也轻盈如雪

# 与执着有关

不用四季的风告诉我
岁月是怎样夺走了似雪容颜
我知道,时光正用温柔的手
雕琢另一种如春的美丽
心的晶莹剔透与无限丰盈
就这样战胜了皱纹

当温柔与壮烈同是一个女子的性格
当清凉与宽广同是一缕月光的失落
我用盈盈浅笑的忧伤
浇灌那些遥远的百合——

如果在很久的遥远的将来
还有一些亲切的美丽的诗句
如今夜这般
给我一份暖暖的宽阔的胸怀
那么　我一定一定答应时光
那些百合　永不苍白

## 缘分

告诉我，云和天空是有缘的
无论云以什么样的姿态出现
等待它的总是天的高远

告诉我，春风和柳枝是有缘的
无论冬日如何漫长
它们会相约在又一年的温暖

告诉我，你和我是有缘的
心和心在真诚中贴近
无论距离有多么遥远

告诉我好吗
这个世界和善良是有缘的
而善良，和你我是有缘的

# 帘卷西风

把最喜欢的几张字画

挂于床头

于是忘记了　这里是新居

忘记了鞭炮是一种喧闹

我的耳边　始终静静

有一种心情的颜色是淡雅

如同有一朵风的形状

是早晨的八点钟——

而深夜的眼睛

——依然有风

有风拂过

垂柳与长发一起飞扬

是谁的窗口

正飘落一首歌

原来今夜

月光也瘦了

# 丢失的花朵

我有好多美丽的鲜花，但孩子们才是最美的花朵。

——王尔德《巨人和孩子》

我的心是一城荒漠
里面住着带刺的无花的果
很多年的跋涉　长成的
是一路迷茫
一颗苦涩的无花的果
那深深长长的刺呵
刺痛了时光
而时光的痛　从此后
深深长长——

是什么时候起
春天与童话都已远去
只在久违的从前的课本中

我听到它美丽的叹息
还有同样美丽的哭泣
因为呵　我是那样深深地
在深夜里沉思
是那样静静地
在静夜里聆听

叶落的身影是一支清凉的舞
花开的声音是一首温暖的歌
在巨人的花园中
当他老得坐在扶手椅上
收获着满足与快乐

我合上书页
听懂了时光的痛
只因为呵　它从不曾
想要故意　在长长的路上
弄丢了那朵芬芳……

# 午后读《繁星春水》

是午后的鸟鸣啼醒了我
若不是心从梦中出走
那些落叶对大树的告别
你一定听得见
那些云朵对蓝天的诉说
你一定看得懂
而风是那样远远地来
拂起长发的芬芳　远远地飘扬
我微笑着　不予理睬
从岁月的飘忽中
偷出一点时光
倚着等我多时的窗
也倚着窗上满满的阳光
握着一本"冰心"
也握着广袤玲珑的海波
偎在毛绒的粉色的小兔子身上
也偎在一个长久的梦的故乡

## 将岁月折叠

从最初的相遇
我就知道我会珍惜
你给的美丽
你唱过的歌
你讲解的题
你青春的温暖的掌心
总是捂着我冰凉的双手
这一暖　就暖过了几十年
暖过了我不再年轻的
每一个季节
还有那些校园的树
开满古老的天真的花朵
在那个不会写诗的年龄
将两个女孩并肩的身影
定格在一支绿叶吻过的诗歌

诗人说
那些稚嫩而芬芳的时光
从来都是永远——
永远在记忆的林间葱茏
徒留我的怀念
在一切的快乐
与一切的深刻
我同桌的好友呵
岁月的书页翻过了年少
而我用不再年少的手指
将它折叠
叠起了再打开
打开了复叠起
在无数个思念你的夜里
我要让岁月的折痕
永远
永远如昨天一样新鲜

# 祝福

风霜雨雪的岁月　记忆里满是晴空
粉笔、课桌、翻开的书、举起的手
如此亲切——
是一张张雪花一样飘来的明信片
是无数飞拢而至的短信
是多少青春的心　多少成长的声音
让日子明亮起来　温暖起来
是初春的鹅黄嫩绿正在吐芽
是河边轻风的微语
是燕子的翅羽又捎来了花香
报给我　满天下桃李的消息
正次第开放　遍地芬芳

# 北方的春

面对你疼惜的眼睛
我微笑着　无言
无数欢歌笑语的课间
那些女孩子青春的手指
曾帮助她们姐姐一样的老师
拔下多少白发
拔走多少岁月的沧桑

而我
微笑着　无言

请你一定要相信
窗外绿意　已渐浓郁
我的笑　如此从容
纵然我的生命
纤弱而忧伤——
纵然北方之春
风沙的手掌　过于粗犷

# 路殇

我天天走过，

天天疼痛——

在我每日必经的路旁

所有的柳树全部被斩断

在轻暖的初春的风里

在温柔的阳光的笑窝里

还在断口涂上鲜红的颜色

触目惊心——

而我只愿相信

柳树上面的天空依然蔚蓝

无声诉说着的是断口处的年轮

——修剪

原是为了成长中的庄严

# 楼窗

俯瞰万家灯火的时候
才发现
有一天曲终人散
有一天夜静更阑
不会再有谁
仰望并且匍匐
一座楼的高度
那么可还有谁
在落叶飘零的季节
将已萧瑟的纯洁
和依然真诚的勇敢
融入心灵
凝成冰雪

# 涿州双塔

认识你们　是在小时候
书声琅琅　梦想拽着青春奔跑

后来　城市是一幅几何图画
长方体的楼群　方格子的窗
而那梦中的双塔　遥遥矗立
我久远的相思——

所有的传说
都那样温柔而又神奇
却又慢慢　慢慢
模糊在几何图画的辉煌后面
于喧嚣中书写古老的寂寞

失水的心啊　多年之后
渴望借塔的双翅
扇动一场目光的飞翔

# 拾

当病痛有如严霜盖过原野
无尽无休绵延不绝
所有的麦田都进入冬眠
在瑟缩中落寞　在冰冷中苍茫
不能弯腰不能坐
不能劳作也不能书写
绝望蘸着苦涩
在冬季的萧瑟中疯狂地生长
但我不能啊　我真的不能
让年轻和春季的希望就此折断
如同麦田只不过陷入了一场
冰冷而漫长的睡眠
所有的霜雪都不能阻止我
于时光的远方　那么遥远的远方啊
用生命的弯腰　与微笑
拾取那些无比广阔而悠长的
那些年少时就已熟识　浸润在

我裙裾与长发之间的
春日麦叶蓬勃着的绿色的芬芳
还有夏日麦粒金黄色的
在疼痛中愈加饱满而昂扬的
大地之香——

# 祖国的生日，走过一首歌

走过一首歌

在一个清新祥和的晚上

星与月与风与树都如此和谐

我执笔在心的沃野

走过记忆　走过期许

走过一首长长的　长长的歌

走过一首歌

我走进一个个小村庄

田野广博　苍穹静默

村庄谱的是一支淳朴的歌

仍记得奶奶编了那么多的蒲团

浓郁的树荫下蒲团上坐满了乡邻

不一定漂亮的笑颜不一定鲜丽的衣衫

却是花香弥漫温馨也满了乡土家园

仍记得伴着夕阳也伴着袅袅的炊烟

田间归来的父老肩着锄头

肩着一路笑语如酒

这家的饭菜端给了那家

那家的农具还给了这家

淳朴的乡音相约明晨

共同去哪家地里收秋

……

夜幕微合的时候

田野广博　苍穹静默

我走过一个个小村庄

村庄谱的是记忆里美丽的歌


走过一首歌

我走进校园

走进大街小巷——

今日小城谱的是一支和谐的歌

仍记得生病时学生们关切的眼神

记得课间的一盒草珊瑚　几片西瓜霜

平安夜的苹果芬芳了校园的夜晚

琅琅书声伴着青春的笑靥

在晨光中绽放

所有的节日都盛开着缤纷美丽的祝福

我时常笑意盈盈走在小城的大街上

看车水马龙　看人来人往

看忙碌的摊点和店铺

看井然有序上下班的人群

就像风从来不能把阳光打败

我们有理由相信

黑暗与纷争可以不再

让我们用爱的手掌

扶助我们内心倾斜的平静

或许所有的人都是匆匆过客

却都可将和谐之歌

唱彻小城的角角落落

小城的阳光因此而明亮富足

我们的旅途因此而芳香盈路

当星与月与风与树都如此和谐

在一个清新祥和的晚上

我执笔在心的沃野

走过一首长长的 盛满了期许的歌

在新中国的生日里　在人生的支点上

让我们于繁荣之中

建一座阳光盛开的家园

让生命的全部

和谐而庄严　纯洁而平安

## 圆形的早晨

我把星星缀在发间
我把太阳捧在手上
我把月亮的光芒
笼在我微笑的唇边

我做着一个属于自然的梦
紫薇妆就梦的色彩
百合盛开着淡远的香型
如果人说　这是九月了
九月属于菊
那我在看南山呢——
将书房结在人境里的东篱

在静寂无人的山涧
看着木末芙蓉　听她自开自落
我让风儿飘动她遗世的美丽
我用诗句拥抱她开花的心情

我将霜雪雨露

用晨霞作缕　用夕照作幕

送给夜空编织画幅


当东方的第一声鸟鸣

用绿色的啼音

将我唤醒　我会依然

用笼着月光的微笑

感谢星星

曾在我的发间眨着眼睛

# 遇见农民工

从单位大楼里走出
裙裾的飘摆　让我的身影
袅袅婷婷——
而你们　从岁月深处
缓缓向我走来

梧桐仍是
当日的梧桐吗
梧桐下的绿荫
是否如儿时一样清凉
绿荫下的你们
黝黑依旧　沧桑依旧

穿过那深深浅浅的
时光之河　我始终熟识
你们身下铺的麻袋
你们手上与足上的泥土

你们额上那些混浊的汗珠
还有那永无更改的
长长短短的　深深的皱纹
皱纹下
质朴坚韧而又柔软的眼神

是的　柔软的眼神
就藏在粗犷的岁月之中
我还认得那眼神中的方向
认得那个遥远的村庄
那些炊烟
那些麦浪和青纱帐
那些孩子们的奖状和新衣裳

我从公文中走出 长发飘扬
而所有的芬芳　也依旧
是昔日的模样　依旧是
梳麻花辫的那个小姑娘
一样的赤足　一样的茧
一样的土地　一样的温度
暖了我许多许多年

是有些什么
已经改变
只有蝉声　如你们的眼睛

细细密密　织一张
永远年轻的网
将我挡在　成年的风霜之外

是有些什么
永无改变
哪怕绿荫已浓
岁月如繁花　纷纷落下

# 卸妆

每一场雨来
都是一支绿肥红瘦的歌
其实瘦了有什么不好呢
瘦了身形　丰腴了心事
那些浓艳的妆
不是我的风格

好吧，我承认
亮丽的花朵　晴明的好天气
最是动人
而花期苦短

花期苦短
于是雨来了
雨来了就一定是云的泪么
年少时我曾经总是这么写
落英缤纷总能让我的泪

与云的泪一起
湿了风声　湿了钟摆
湿了小巷深处的炊烟

此后年年春来
花与阳光依旧明媚
此后场场雨来
不必再问卷帘人
海棠怎样了
若你真爱她
她的美　在花的妆容
也在叶的素颜
果的内敛

花期苦短
而时光正长

# 允许

今天容城的云
是一朵朵春天写来的信
信封说,它封不住花香
寒冷不是开头也不是结尾
我们要允许写信的人
用几个任性的标点
就像允许红尘有风雨
有离别

## 中年的书

难道只是因为我
完美地饮尽了
那一叠又一叠年少的苦难
中年这页幸福的书
才安排这么多曲折的章节
让我一夜又一夜
苦苦求解
水一样柔软而又坚硬
岁月　经霜历雪
我磕磕绊绊　一读再读
还不许　像青春那样
那样　仓促

# 晚归

行色匆匆　低头走路
还好　我始终没有忘记
抬头访月

戴一串花香的珠链
披一件月光的衣裳
世事如尘，心怀皎洁

总是在心里，住着两个自己
一个四十岁，鬓上落霜
一个十四岁，容颜如雪

## 纺织阳光

植一株树
或者植一甸花草吧
在胸怀的沃土
所有的善良都颗粒饱满

你的笑容适合栽培
心事葳蕤　密叶如网
筛下细细的阳光的丝线
每颗心都是刚出厂的织机
质地优良　纤尘不染

风雨来袭的日子
别忘了　你是最好的织工
那幅阳光的锦幛
比风雨　更长

## 种几畦微语

我将时光平整成畦
种上文字，和诗

一

在某个中年的梦里
我忽然想起
曾在抽屉里藏好的
那一页缺角的不很清晰的青春

二

老同学送我一包花籽
春寒忽然不再料峭
总有些往事会开花

我只需给岁月 浇点水

## 三

有时候，谬误和真理
只隔着一本书的距离
真诚是最好的武器
如果路是荆棘

## 四

不会算账　还爱数数
数了太阳数月亮
数了云朵数星星
它们干净　值得抬头

## 五

总是想起那个讲台
那些明亮的笑　那片书声的海
我将它们种进孩子心里
无论多硬的生活　都能发芽

## 六

早起开窗　不妨客至
一枝柳条款款迈了进来
我和它鼓起的小苞　握了个手
感谢它捎来春　和柔软的力量

# 种诗

小时候
我把花籽种进土里
日子的一针一线
都缝进了花香

长大了
我种上一首诗
黑夜不黑　诗正破土拔节
风雨很大　诗已开花

## 挽住生活的衣角

挽住生活的衣角
我用阳光的线
照着云霞的样子
绣一朵朵花

春来，花朵便走下来
在手上盛开
春走，衣角随风扬起
告诉我　花香还在

# 诗书岁月长，白发不相忘

小时候
喜欢哥哥案头的书
诗书在手　佳句盈心
被煤油灯熏黑了墙壁的
那个单调的黑白的童年
在诗句里远远地伸出翅膀
岁月的梳齿间
旧本子的背面
就飞进一片　铅笔字的瀑布
倾进了岁月与时光
青丝不曾忘　白发不相忘
岁月有多长　诗就有多长

# 年龄与心龄

我用左手托着年龄
右手举着心龄
生命是一架天平
哪一头更沉重?

有多少精神的驼背
是两头都太重
而我始终相信

年轻的右手
会让左手也更轻盈

岁月如水流过
时光为你
种下梦想的芽
哪怕左手托着衰老
皱纹也能开出挺秀的花

# 雄安腾翼　叫醒蓝天

小序：有一种付出，叫雄安新区人；有一种芳华，叫舍小家为大家。2017年4月1日，中共中央、国务院决定设立河北雄安新区。自此以来，驻村工作组、公职人员、农民、教育工作者、医务工作者、公安系统、环保人员、在建停工户、中小企业……雄安三县各个群体都为新的家园贡献着自己的力量，谨以此诗向辛勤付出的雄安新区人致敬！

这是雄安的阳光　笑语嫣然
这是新区的和风　轻舞欢歌
春　雄安落地发芽，萌动人间
夏　雄安的力量繁茂了百草千花
秋　雄安遍地盛开金色的希望
冬　雄安是展翅之鹏　叫醒蓝天

在这片古老的土地上
英雄的气息就住在
每一场霜雪雨露

优秀的燕赵儿女

用勤劳作词善良为谱

激扬丰腴饱满的生命之歌

时光如酒

酿了千年万年

终于在这一年

醉了老树　醉了新芽

醉了多少含苞的憧憬

醉了祖祖辈辈的心田


为了不负众望

为了叫醒蓝天——


盛夏草帽如云　裁一片就润一个农家

严冬　你的热情是温暖的花　熨平寒冰

自从驻进村里的那一天起

家人多少话你没空听

俯下的身子进驻乡亲们的心窝


问好晨曦　对话星月

数案头如山的文件　数民生海洋的苦乐

将青丝数成白发　唯不数汗滴


站在讲台　四季便定格在春天

你期冀的眼神清香四溢

满天下桃李成蹊　慢慢芬芳馥郁

着一袭白衣　植一路杏林
在病房　在手术室　在家人的思念
在患者的心中枝叶葳蕤　温柔生长

一身警服就是一面盾牌
所有云淡风轻的平安
是多少风雨铿锵里的负重前行

每天你都早早告别梦乡
圆一个画家的梦想
扫帚是笔　画无数美丽的街巷

看着渴盼多年建了一半的家
日复一日的坚定　不增一砖一瓦
你　值得住进更美更好的家

曾用辛劳撑起家人幸福的天
带着心痛将企业关停　你懂得
那是为了湛蓝的雄安的天

深深拥抱脚下的土地
你的田园牧歌从此成为绝响
却含泪热切地唱更大更远的歌

……

还有你，有我，有他

苦辣酸甜酿成荡气回肠

我们一饮而下　这杯酒名字叫家

从刚刚出生的雄安

我们一路汗水　一路陪伴

捧着厚重的希望　托起明媚的成长

所有的付出都是最美的和声

与年轻的雄安一起踏着节拍

我们播种蓬勃　叫醒　蓝天

# 第三辑  爱是一种美好的力量

有过甜蜜，有过忧伤；有过渴盼，有过失落；有过思念，有过怅惘……无论青春的懵懂，还是成年的深刻，真心就好；无论在一起，还是天各一方，祝福永在。喜欢纯纯的亦是深深的爱恋，无论是自己的经历还是看到的或听到的故事，用温柔的笔触写出。始终相信，爱，是一种美好的力量。

## 星光下的小船

你说你送我一个微笑
当我的泪在星光下闪烁
你说你送我一只小船
载我的心到欢乐的港湾

我将星光织成无数璀璨的思念
托草叶间的露珠带给你
当那滴圆圆的心愿忽然变得如许晶莹
你的微笑是黎明中最亮的那束阳光

我将小船驶出那份忧郁的心情
一路采集着温柔的风和美丽的梦
遥远的海平线让我几次三番误识归帆
你的身影是夕阳里最美的那道风景

# 偶遇

是一只蝴蝶的疲惫
被网于迷离的花香
你微笑着走来
用季节的温柔
——抚慰我飞翔的沉重

从此后时空变换 如一个偶然
长空的孤雁叩问生命的句点
你用阳光的力量筑一间巢
于是露珠
夜夜凝结着一个心愿

你曾唱过的歌
歌唱着一个信念
你曾和鲜花商量好
用天边的彩霞 染透我的裙纱
点缀我飘飘的长发……

星星何曾眨过眼睛呢
而月亮无所谓圆缺　和离别
将旧日的衣衫轻轻地叠起
用岁月的手掌
如折叠一个甜蜜的幽怨

风雨兼程谱写了那次相遇的必然
你微笑说　相遇的那一天
是你踩着心灵的足音特地跑来
为了缅怀
一个童话般的寓言

# 雪忆

自从多年以前的那场雪
飘进了你我生命的旅程
就有很多个夜晚
月色像极了雪色

干旱的北方的天空很少落雪
落雪的只是心情
传说中白雪是一个公主的名字
而你告诉我　我像那个传说

传说永远不会老
老去的是随岁月凋谢的雪做的花朵
又何必安慰我说
似雪的容颜　早已在记忆中定格

许多年过去了
逝去的不仅仅是时间的颜色
如今夜，凉月如眉、夜风如水
而水，是雪化作的

# 错过

你的心事

就像星星闪烁的眼睛

而我不想

将自己藏起

夜的手掌

握不住流逝的时光

我扬一扬衣袖

袖住了一片落叶的舞蹈

于是我在长发飘扬中

想象着风的形状

许多许多年过去了

你的脚步追赶着失落

而我在微微的浅笑里

盈满了潮湿的叹息

# 如果

如果春风吹不到天涯
是谁
在我耳边轻轻诉说
如同我打开了一页童话
一朵小小的雏菊
银子做成的衣服
金子做成的心
悄悄地睡在小山坡

如果
春风吹不到天涯
是谁
许下了一个岁月的承诺
如同你送我的那首歌
一支清亮的芦笛
唱远了时光　唱柔了水波
唱绿了雏菊睡着的山坡

却唱不暖一个春天

如同我合上了那页童话

如果春风

吹不到天涯

# 旷野，有棵树

那棵树站在旷野
站在天的尽头
暮色中
站成了一树沧桑

旷野，有棵树
但没有古道也没有瘦马
我坐在疾驶的列车上
恰好　靠着车窗

多年以后我无法忘怀
那棵旷野的树
不知风起的时候
它的枝叶摇响的　是怎样的歌

但我知道那不是一株垂柳
萦不住衣带却系住了行舟

与其遥想一棵树的孤独

不如握住爱人肩上落泪的幸福

他温柔地说

其实那里　有两棵树

站在你旁边的

是我

# 梦的国度

失落了山泉唱给白云的歌谣
清澈而透明的歌谣
是谁在夜里出发
背着装满梦幻的行囊
很沉很沉
也很简单很简单
就像雪色的梨花飘落雪色的月光
就像绿色的风铃摇响绿色的儿歌
就像那亭亭玉立的荷
立在千顷万顷浩渺无垠的水波

荷也有梦吗
藏在擎着伞盖的荷叶里吗
它擎着多少温柔呵
谁来告诉我呢　有谁可以回答我
荷叶的梦覆着的　是哪一枝花朵
我要怎样才能留住

我要怎样才能写得出

风沙黯淡了路上的风景

是谁 又将夜雨泊进轻舟

我要用多少支歌 去唱醒时光

春绿了秋残

花开花谢了千万年

历史的故事成为故事中的历史

陌生而又遥远


而我 选择

在夜里出发

不要问我去向何方

我的手里握着一个永恒的季节

就像握着一个完美的残缺

生命可以很短暂 生活却从来漫长

青山打点我的行装

山间的小溪会映下

我浅笑盈盈的身影

和着清风 伴着野花

偎着落日的烟霞

而我 将始终

浅笑盈盈


那么别让那场雨

曳住我的裙裾

我已经走得很远很远

是谁一遍又一遍　拂拭旧日的琴弦

拂拭了一天又一天　一年又一年

琴声　碰碎了夜的凄凉

别落泪好吗

别触痛我的忧伤

丁香花依然会开在雨巷

那把油纸伞擎开的

是荷叶的温柔

当今天成为了昨天

明天的孩子们

依然会走进梦的国度

# 提醒阳光

周末的上午

天空醉了微微的蓝

阳光很暖

抚着写满字母的窗帘

那些字母忽然就懒懒地柔软起来

外面柳絮飞扬起满天的诗句

每一句都缠绕着一个同样的字

一个字写了千年万年

别急着说

说出来只有一次

一次就蔓延了一生的话题和心事

年年开作满天飞絮

提醒阳光的暖

和写满字母的窗帘

# 初夏，黄昏

远远的
一痕青翠
捧着暖暖的一轮嫣红
黄昏就这样醉了
晚风拂起衣袂
新叶卷起小小的杯
槐花飘香的时节
不要放飞你诗人的泪
那芬芳是酿了千年的酒呵
那双燕子还在呢喃
不要说远信难凭
归航无据
千万年之前的诺言
为你传来的　你可还记得
蔷薇花谢的时节
不是胭脂化作了灰
不是红颜杳别的泪

黄昏是这样醉的
垂柳氤氲着妩媚
而夜幕慢慢合起手掌
隐藏你亘古不变的忧伤
为谁　岁岁轮回

# 迟到

迟到了
可以喊一声报告吗

我是落进童话的一滴雨
你是雨后最明亮的那束阳光
为了追寻我　你匆匆赶来
你来了
我的生命即将消亡

你来了　你匆匆赶来
为了追寻我
你用全部生命的热情
闪烁一支彩虹的歌
字字句句　点点滴滴
凝聚你一生
最美丽的执着
于是从此　那个童话故事

写一页最短暂的相遇
写不尽彩虹的美丽
还有同样美丽的
千年之后　一滴露水的叹息
你是吹过湖面的一阵风
我是盛开在湖心的
一朵清澈的涟漪
你走了　匆匆而去
而我　我才初初长成

一圈又一圈
我向着你离去的方向
远远地漾开去
你看不到
远远的　为你而绽放
我的盈盈浅笑

迟到了
可以喊一声报告吗

算来只有满湖的浮萍
知晓我的心事
岁岁年年
枯了又绿
朝着你的方向
久久的　远远的　绵延

# 时光的题目

你说你做了一道题　算来算去
算来算去　它总是无解——

雨还没有睡醒　云已聚得太多
朵朵都是你前世的心事
远远的
你是一只无法低翔的燕子
当云漫进你不复年少的巢
你爱上了一种潮湿的燃烧
闪电一样划破天空的苍茫
你用泪水对我诉说你的快乐
我用微笑藏起我的忧伤
雨点来了　如此匆忙
碎在已硬化的场院
碎在无法坚硬的我的目光
碎不了的　是无法熄灭的你的热情
雷声一样　隆隆——

渐行渐远　渐行渐远呵

却为何　为何不能

渐远渐无……

你说这道题你还在做　算来算去

算来算去　它依然　依然无解

# 风景

你的心中——
有很美的风景
海与天相拥在暮色苍茫
浪花将远古的两颗星的神话
告诉云朵——

而我　我想了很久很久
我的小小蜗居
也还是没有风景
我有的只是
只是呵　一个不曾润饰的我

而你　不让我听到
在我耳畔你轻轻说了什么
关于风景
关于单纯稚拙的我
关于另一个　你心中
永远不老的传说

# 握住

幼时曾经怎样盼着长大
长大了
也就会怎样盼着童真
我常常希望
日间的一切
不过是一场没有做好的梦
就像我多么希望
希望梦中的一切
就是
我曾真正握住的一缕月光

# 古老的忧伤

江南那个涉江采芙蓉的女子
曾经怎样　让一茎荷叶
盛满她洒落的笑声
而《诗经》中
那个徜徉在参差荇菜中的少年
又是怎样　错过了
他手旁那朵羞涩的涟漪
那些古老而又年轻的夜晚啊
所有的忧伤
都在年轻中回归古老

# 梦里清辉

星星病了
田野在遥远中苍茫
梦里的秋千荡到了白云上
我擦不亮自己的眼睛
也听不到叶子的歌
而花朵睡得寂寞

我知道雪怎样输给了梅一段清香
我也知道梅怎样逊于雪的洁白
我却不知道呵——
你是怎样　将那轮圆月
剪得朦胧而又残缺
从此后夜夜梦里　依旧清辉
梦外如何还我　旧日皎洁

# 水穷处，云起时

看不到你的身影
心里会很凉
有一朵冰雕的花
悄悄开放
花开的声音　是遥远的绝响

看到了你的身影
却只能
让目光燃烧　让思念流淌
汹涌成一条千年的河流

我是河底的一粒砂
用了一千年
才爱上一滴水
却无法
随它远走天涯——

我怎敢奢望

让水不再流

或者

让时间停留

我只希望 继续等

等我爱的那滴水

融于一朵远方的云

等它的影子

映入河底

等那日光

缓缓地挪移

……

总有那么一瞬吧

总会有那么一瞬

那片云影

会将我深深地围拢——

## 梦里洛神

我满载了一船湖风
再打捞满袖的浪花
可不可以送给你
落水的小姑娘
千年之后
成为神话的你　一切忧伤
都变得美丽
你说　神话永恒　而我依然宁愿
当初　不要落水
那么我会等待
千年之后　你送我的湖风
满满的一船
还有洛水清波　浪花朵朵
满满的
盛在你随风飘起的衣袖
就在　千年之后

## 初雪

记否那个小城

那条长长的古老的街

我们曾一同

走进一个童话

童话里有个年轻的

不会老去的世界

如同那场年轻的雪

晶莹了好多年……

直到 缀上我轻扬的发梢

于这个原野的空茫午夜

将快要老去的倦了的月

擦洗得——

洗得如此忧伤

如此皎洁……

# 前世今生

月光碎了的时候
我正好掬了一捧
想让它温暖我
童话里白雪一样的心情
还有我那失去了线绳的
风筝一样的人生
阳光圆了的时候
我用你热切的期盼
轻轻将碎了的月光清扫
知道从此前生已了
我已不复是
那个靠月光取暖的女子

从此后夜夜梦里
我的裙裾仍然洁白
一如我洁白的心事
请你　你和阳光

共同见证

一场美丽的轮回

缓缓　缓缓

如蝶翼飞扬

# 祭奠

很久很久之后

我终于能够——

能够不再苦苦地问

为什么月总是淡妆于

每一个黑暗的冰冷的夜

为什么所有的露珠

于美丽的刹那

总会碎掉或干涸

为什么成长如此执着

而叶子一定要落

为什么——

青春必得错过

爱,必得伤害

# 原因

你是一朵孤单的云
向往花开　却忽略自己的洁白

曾经丢失一缕阳光
轻易相信了风的手掌

直到从天的那一边
匆匆走过——

走过之后　洁白依旧
却已不再简单　不再悠闲

花已凋落　相逢太晚
尽管阳光如酒　酿了千年万年

# 难题

你轻轻拭去我的泪
拭不去我心里的潮湿
慢慢洇开　在你眼中
是深深的　深深的海

把风与浪花小心地藏起
只在心中种植思念与寂寞
你说这样多好啊
静静地　生活如此平和

可是　安静也会让我
忧郁成疾
从一开始　你的布置
就是一道太难的题

## 你的声音

我没有绾发

生怕绾住了一种心情

只让花香缓缓地

淹没我沉思的眼睛

而你 你的声音呵

是什么时候起

化作树叶间的低语——

将月光织一张朦胧的网

又偏偏来绕住

我如瀑的长发飞扬

我无语——

我本来只是想

看看夜景 听听蛩响

……

# 牵

你在电话那端

寄我一个明媚的秋

车窗外的雾

就那样柔软起来

遥远的你的笑容

正云朵般绽放——

车辆极慢极慢地转弯

弯出的弧度也如此温暖

我知道你在长路的尽头

我还知道太阳正从你那里走来

——万水千山

当那首歌伸出翅膀

阳光纺出的线

正将每一个音符

飞翔的明亮的音符

远远地相牵……

## 淡紫色的时光

你来的时候　风跟着来
我看不到你身后的海
却分明让海雾
湿了我长长的　长长的发丝
湿了瞳仁里你映进去的影子
湿了一行行被风翻乱的诗

其实　你只不过是
有着被阳光镀亮的笑容
被雨珠洗得晶莹的目光
被人间的故事　打落了泪水的
云朵一样温煦柔软的心肠

如同所有平凡的黄土下
总会有亮丽的紫色的灵魂
我们一起读山　读水　读山水之间
悠远的文字　与文字的悠远

日子就这样
一笔又一笔挥洒
一篇又一篇涂画
直到我们都醉了　醉倒在
无边无际　亦无穷无尽
时光的颜色里
那个颜色的名字
本来叫梦　而梦
是一种淡淡的　永远的紫

# 回眸

我走在新春的风里
日光很暖——是从前的年吗
春联依旧到处盛开

刚刚在小院中
轻抚迎春枝上嫩芽
我的手也忽然幼小起来

一辆单车从身边掠过
明明是故人——却不打招呼
直到他认为到了我看不见的远处
才重重地回首　深深地凝望
一次　两次……

我而立之年的眼睛
慢慢盛满天真的湿润
时间　原来可以这么浅

# 时间深处

你说，你总在月下
或水边伤怀
那是因为你爱着一个故事
爱在月与水之间
如同我爱雪
却总在下雪的时候流泪

你在物质之外徘徊
日复一日　啜饮灰色的卑微
我却一如既往
夜夜亲吻你洁白的灵魂

从我发现长大的那天起
就没有停止过忙碌
把每一掬微笑透明成一滴水
把每一滴水柔软成一朵云
把每一朵云都漫天播撒

一场又一场年轻的晶莹的雪

穿透了坚硬而冰冷的岁月

就把我如水的微笑

放进你的梦里吧

那水，本是月光倾泻而成

那月光，无非饱蘸了青春的皎洁

就那样肆意地

作一幅生命长卷的书写

我不怕永远忙碌

在时间的深处

我只有　只有一个期待

你从长长的梦里醒来

醒来　轻轻唤出我的名字

# 寻找那个字

从前，我不知道有一个字
会不小心被丢失

记忆像云朵般柔软
我的心穿着云朵做成的衣服
当云朵落成雨
你不要难过——
被雨洗过的天空会更蓝
如同被风吹过的心事也更清澈
只是雨中呵　雨中的眼睛
如此迷茫　我找不到
蝴蝶的翅膀
心事也淋湿了　无法飞翔
又何由去梦　鸟雀啁啾
又何处去数　松影筛阴

那个字是否　已被丢得太久

这场雨为什么　下个不停

这天空为什么　一直潮湿

远远的天边

什么时候能再有洁白的云朵

将记忆拾起

将柔软继续

将那个字　写回到

回到那场薄雪

和家家都升起炊烟的

从前……

# 秋

## 一

多少篇花开的故事
还被春天怀想
那些稚嫩又鲜艳的芬芳
却已被时光悄悄——
悄悄地埋葬

## 二

秋日天空再怎样高远
云朵温柔且洁白
大地的胸怀无限丰饶
也抵不住　抵不住
花儿已老——

## 三

别用你黄金般的眼泪
提醒我　世事容易憔悴

## 四

尽管多年前的纸张
已经发黄
我还有没有理由相信
有些声音——
不会在你长长的信笺
埋起　风干……

## 五

在这花残叶落的篇章
我能不能——
还是你心里
最鲜嫩的诗节

# 雨季

你从一页古书中走出
满怀忧伤　踏雨而来
梧桐叶下　雨
一滴滴
打湿了你长长的——
长长的叹息

你分明看到
我心疼的目光
而雨雾迷茫
迷茫了　我阅读的眼睛
今夜的雨　洗不出晶莹

你一定知道啊
灰色的天空的记忆
而古书已发黄
我们读了又读

也不过是　不过是
那一页仓促的青春
那一幅没有画完的水彩
那透明的爱和风中翻飞的
一点点　衣裾的洁白

## 缘起

数不清今夏
有过多少次雨
就像数不清
与你有过多少误了的约
这梧桐树下
有过多少叶落
与离别

他们说：家乡
那条干枯多年的河
今夏　也变得年轻
那么　那些开花的时刻
那些融雪的时刻
那些古老而天真的歌
那曾皎洁如月的容颜啊
还会不会　会不会
被你重新想起

重新想起

在薄暮中的异地

而雨丝绵绵　雨声簌簌

隔了多少斜阳　多少归帆

我们相视而笑

尽管花已凋谢

时光

也已不复旧日模样

## 今夜，花木葱茏

你说你有一个记忆
夏日的裙裾芬芳如许
我敲开一树树绿荫的门
怎么忍心错过叶的季节
错过的
是我洁白的心事

你将时光写进云朵与清风
今夜，花香落了一地
我在蝉声深深处
小小寂静的角落
长发如丝
织一曲会飞的歌
今夜，花木葱茏
而岁月如酒
醉了多少红颜
多少刹那芳华——

只有展翅的歌不会落

只有绿荫

年年开启馥郁的门

笼住你雨滴般的眼神

笼住星光

和裙裾飘扬的我

## 水乡晚景

一

晚霞一定是醉了
水波如酒
将它温柔的羞红的脸颊
拥进自己宽宽的怀

二

月　水般清凉
水　月般明丽
它们在说些什么
那支澄澈的歌
谱出一曲婉约的暮色

## 三

树在水边　立着

水在树边　卧着

树环着水

树是水的此岸　和彼岸

水吻着树

水是树的前世　和今生

## 四

静静而又弯弯笑着的

始终是那古老而又年轻的小桥

醉了的霞　皎皎的月

袅袅婷婷的树影

还有那个温婉雅致的女子

那个质朴谦和的少年

轻叩的足音

水样的年华

都在那静静而又弯弯笑着的

慈爱的臂弯里　拢着

# 隐退

多年之后——

你还是不留神

说了一个字

当我终于学会　学会

将一些疼痛打开

将所有的笑和泪都风干

将你的身影　从梦里移开

在云淡风轻的

楼外又楼外

## 如果你不开心

如果春天不开心
那就让花香抱抱她
拍她睡一会儿
醒来跟蝴蝶捉捉迷藏
再跟蜜蜂说说话

如果天空不开心
那就在自己的院子里种点白云
云们长大了　喜欢水彩
起个名字　叫霞
就是哭一场也不要紧张
雨珠的吻是虹的滑梯
清风来玩　阳光也来玩

如果你不开心
那就走进我的眼睛
在这片湖里

开一朵爱的涟漪
一圈圈漾开去
盛满花香　盛满春天
盛满有霞有虹的天空的院子
盛满我似水年华的心间

## 你是我美丽的暖

裁一丈云
为你做一件霞的衣裳
衣袂翩然五彩斑斓的时刻
别忘了
你是衣裳里的太阳

日月美丽了天空
心美丽了人
你美丽了心——
爱,如期盛开
日月在心
霞衣在外

# 第四辑　做一个相逢的梦

　　思念是一种别离的痛。当生父无缘得见，早在我出生前便去了天堂；当母亲在我六岁时便已病故，走进了时光的远方；当历尽艰辛的父亲（不想叫他继父，因为他待我如己出）在我25岁那年也因急性白血病匆匆而逝……我的生命中，便时常在做一个又一个相逢的梦。我用一颗诗心，将朔风谱出雪花的美丽，让苦难酿就岁月的芬芳。

# 还给冬季一场思念

还给冬季一场思念

还给灯火一个家园

还给月牙

一朵行走的目光

还给梦的黄昏

一只停靠的蜻蜓

还给阳光

乌发　黑瞳　细细的梳齿

还给雪花

半亩云的距离

还给你　我小心折叠的心情

从未丢失　从未弄皱

它的形状

是一首诗的模样

# 做一个相逢的梦
## ——写给我早逝的父母

如果别的时候

我再也见不到你

那么

我愿用我全部生命的热量

来祈求上苍……

将我日里和夜里

所有思念的泪水

凝结成一个相逢的梦境

再让泪滴的晶莹

来擦亮月光

让我能够看得清

你刀刻般的皱纹里

刻下最多的

不是苦难　不是抱怨

是坚强慈爱而又美丽的光彩呵——

让我能够像小时那样

偎在你的怀里

偎在小村的怀里

你们一定还记得

那个小村落

是时常静谧地卧在

炊烟的雾里　和

麦香的海里……

# 远祭

独自　在夜的寂静里徘徊
远远的
有车驰过　驰过的声音
划破了夜色

夜风中　树梢在无心地摇落
落一地清冷的月光
耳机里　歌曲却是有意地
剪碎了一夜的时光

只万缕千丝的回忆呵　剪不碎
也不肯睡去　怕只怕
慢待了别离——
可知我心湖里　满载怎样的涟漪

又何必泫然　就让苦难
芬芳了月夜的诗句
就像有一天
朔风紧了　我们才能听到
它正温柔地　谱出落雪的美丽……

# 悟

父亲走了　正值壮年
我第一次
在没有父亲的夜里
专注于一炷燃着的香
是由于生命的短暂吗
所以你才如此顽强地
傲视穹苍
当夜风来袭
你没有哭泣
就让那无数的曲线
变幻成千姿百态的<u>丝丝缕缕</u>
如果　不能青云直上
那燃烧的过程呵
本身就是一种勇气

# 那抔黄土

我的目光随向
那些纸钱燃起的烟
你的曾经暖暖的怀
却已在　烟之外

记得你脾气的粗暴
也记得你藏在我奖状后面
泥黑的皱纹　纵横的笑
记得你夜半劳作时的灯光
那灯光燃着我求学的希望
记得我放假归来
你骑车二十里来接
又马上蹬起车去买鱼买肉
记得田野里的麦香　家里的炊烟
记得你弓起的背　你的瘦骨嶙峋
记得……
最后的印象总是

那个迟来的消息

你本来　不是我的生父

你的名字　却明明叫作

父亲啊——

当你早早地栖身黄土之下

我也只能托付这缕烟

告诉你：那抔黄土　很小很小

黄土下的你　很高很大

让我借着拨弄余烬的机会

再叫你一声：爸爸……

所有的残烟　也都在扩散着

飞扬着　这个名字啊——

爸爸……

# 爱你，就要放弃你
## ——写给我早逝的父母

爱你，就要放弃你
对你的爱
是我今生最大的无奈
隔开我们的
不是万水千山路途的遥远
不是岁月易老誓言的改变
你总是那样触手可及
当你的身影出现在我的泪雾里
只是有一段时间
早已随着风沙掩埋
而你
只属于这段时间　不属于我
我又怎能不放弃

放弃了
我却依然爱着你

你的每一次入梦
我总是无法忘记
你的每一个微笑
都是我生命中珍藏着的
能让雨转晴能让船起航的
永恒的美丽

# 美丽的忧伤

我双手抱膝　坐在暮色里

让梦中温柔的湖畔

将我的侧影剪成一袭静谧

一任微风如水

打湿我凝然的双眼

一任水如微风

搅乱我心海的涟漪

就让湖书写祖母的慈祥

就让风诉说父亲的坚毅

就让那无垠的月光啊

浸润着母爱的宽广

就让我纤细固执的心弦

拨动我排山倒海般的忧伤

——我已逝的亲人们啊

可知道我的梦

可听到我梦中　那泣血的呼唤

有一种伤　是无法排解的痛

有一种痛　是无法愈合的伤

看那荷叶悄悄

遮盖了荷花的睡眠

看那莲子已成

荷叶就慢慢衰老

忘不了对远去的一切哀悼

也舍不下对新生的一切祝福

我年轻的朋友们啊

生命是这样回环往复

世界是这样生生不息

——用心倾听着夜风的吟唱

唱响又一个　朝霞满天的黎明

黎明会染亮——

我这份美丽的忧伤

# 晨

有阳光万点
有柳笛轻扬
在林间微风——
轻轻唱歌的地方

多少星光叠印着辉煌
多少花朵正悄悄绽放
在鸟语呢喃——
洗羽啄露的时刻

清亮的童音远远近近
我小心地捧起　这是
一支又一支无须谱曲的歌
在人生之晨　他们只需要
将微笑缀上飘扬的发梢

# 痛

一路上

多少浪花碎在了岩石

我却依然无法抵达

那遥远的河岸

当风折断了帆

那段年少的苦难　蓦然间

痛成了一种自豪的伤感

我伸出双手　企图握住

梦里的那朵微笑

那本来是一朵　盛开的微笑呵

梦停的时候

我伸手的姿势　就痛成了一座雕塑

从此后我知道

为了刻入生命的流动

我的雕塑——

是一种凝固的艺术

## 生命的残缺

为了寻找

那条河流发源的地方

我沿着海风的足迹

拾起一缕月光

它从松隙间向我走来

将清泉与山石的笑语

缀在我飘飞的裙裾

而我

我是一个靠月光取暖的女子

为此　我是那么珍重的

将你的一切收藏——

从此后无数个寻找的夜晚啊

我一遍遍擦拭着记忆

为我无声的生命的河流

为你无言的遥远的牵念

我含泪

拼凑一份残缺的完整

# 后面

此刻天空有雾
雪在雾的后面
悄然等待
一种缤纷的情怀

当雪花绽放它精致的爱
雨在雪的后面
轻轻弹唱
一阕叮咚玲珑的诗行

而阳光在雨的后面
将七彩的光芒默默地
染透虹的衣裳
那样的短暂呵
那样美丽的匆忙

哦,请你允许

夜在夕阳的后面
轻抚你熟睡的眼帘
请你记取
我在你的后面
指尖上绕着你的名字
微笑着　无言

# 星星很多
## ——想念母亲的微笑

　　　　无须冰雪
　　　　夜已经很凉
　　　　静静的　月　默默
　　　　将忧伤皎洁

　　　　今晚　没有人在我耳边说
　　　　星星很多
　　　　时间也变得广阔
　　　　曾经的那朵微笑
　　　　开在时光的远方
　　　　远远的　羞退了晨曦
　　　　将繁星的光芒无限地延长

　　　　那时候星星
　　　　总是很多　很多——
　　　　而今　我将寻访的足音踏碎

碎在皎洁的忧伤的月
没有人再对我唱歌
对我讲月亮里的美丽传说
那朵远方的微笑
遥远到无从触摸

但是月色如水
我不要自己落泪——
因为我一直都知道
关于月亮的传说永远美好
就像我一直知道
其实星星
从来没有减少过

## 遥远的母亲

生命中总有一个个冬季

不期而至

打开它的寒冷——

我也只能走进去

阅读命运写给我的章节

记忆中你的微笑　未经霜雪

而我怎样才能知道

遥远的你　依旧能给我

温暖的美丽

母亲呵　我要怎样才能知道

天凉了　有谁为你加衣

……

梦总是会渐渐远去

一如相逢

而暮色　暮色已深浓

母亲呵

我是贪心的

多想此刻——

成为一个婴儿

卧在雾霭重重织就的摇篮

将你年轻的身影

和你含笑轻轻哼唱的儿歌

还有你温柔的美丽的眼睛

全都藏进

藏进我初初开放的笑容

梦，渐行渐远

一如相逢

（它会回来吗）

而暮色　暮色已深浓

# 蒲扇

再见到蒲扇

恍若隔了很多云烟

那是幼时奶奶手中的那把吗

中午那上面盛满了绿荫

笼着我们在蝉鸣的摇篮曲里入睡

傍晚那上面镀上一层夕阳

还有炊烟的袅袅　叶笛的清亮

……

那把蒲扇哦

摇来摇去摇醒了童年

却好像从没有

——为奶奶自己扇凉

# 布谷叫的季节

布谷叫的季节
我童年的渴望是一弯温润的月

月光遍地生长
洗亮了奶奶浑浊的目光
她说布谷鸟来了　你听
它在叫快黄快熟
咱们的麦子满野里香了

爸爸挽起袖管说　布谷鸟来了
它在叫割麦插禾
咱们的镰刀该磨了

妈妈抱来柴禾　说布谷鸟叫呢
刷锅刷锅淘米下锅……
咱们的饭菜一会儿就上桌

哦　布谷叫的季节
表姐悄悄换上了轻盈的夏装
她只跟我一个人小声地说
布谷鸟叫的是　哥哥等我
……

布谷叫的季节
我成年的思念长成一弯年轻的月
月光穿越梦境　遍地生长
——在无数布谷叫的季节

那个季节里　有些念想是不分季节的
奶奶慈爱的笑是可以昼夜依偎着的
爸爸磨镰刀的力气是让人踏实的
妈妈灶间的忙碌是散发着芬芳的
而表姐漂亮的衣裳是让人羡慕的

童年的我　躲开布谷鸟躲开它的叫声
也忍不住悄悄猜想
在时光的前方　有谁远远地等着我
……

## 母亲的课堂

无数的青春的黑发的头

笼在她的目光与微笑之中

没有人知道　她的笑

在盈满了教室之后　继续飞翔

一个离讲台并不遥远的地方

有一个稚嫩的童声

正在唱一支好妈妈的歌谣

无数的青春的握笔的手

刹那间　都如婴孩

而那双小手　一定又

弄皱了她晾在阳光下的衣裳

# 福

当你又一次
被冬的梦魇冰醒
请你听我低语　请你
拭去这已太凉的泪

夜，很长很长
我知道
你从夜空的黑中走来
一路　步履艰难
但是请你听我　低语
星光是轻盈的
而月辉慈祥美丽

你是一株弱小的花
失去了透明的露珠
请相信晨空会送你
一地璀璨的梦——

苦尽了，甘就会来
当小麦已在雪下返青
蝴蝶正准备着　为你起舞
已走过的岁月终成泡沫
碎裂无形——
时光在远方等你
慢慢明白
原谅苦的一切
其实就像原谅
四季有冬天　天气有阴霾
一样简单

## 龙抬头，春的守候

　　幼时失母，不知生日，表姐说："好像是二月二吧！"父亲默默。而今父亲已离去很多年，带走了太多的苦，太多的匆匆。留下的，是无言，是我的二月二，年复一年。

乡亲们说，二月二龙抬头
龙醒了，春便醒了
清晨，喜庆是你的序幕
而我，见到你
所有与你有关的
一切　爱与悲哀
都卷土重来

我曾经在许多个
午夜的梦　与你相逢
轻轻地纺　清凉的月光
纺一支暖了千年的歌

而梦的眼睛
终于合上——
我的诗哭了
你的心也瘦了
时光洒下一路落叶
和没有温度的雪

乡亲们说，二月二龙抬头
龙醒了，春便醒了
料峭的，只是春寒
干涸的　也只是岁月的泪
荒芜过后　一抬眼
便是萌动的绿意和希冀
龙已抬头——
谁也不能遮蔽
心中的阳光　把生命捂暖

龙已抬头
翻过季节的书页
春是乡亲们心中
丰盈的守候——
哪怕一棵最弱小的草
也会在自己的角落
静静地生长
静静地

于静谧中芬芳　年复一年

我打开梦中的月光

唤不回的，是一些远去的身影

而那支温暖的歌

依旧唱了千年万年

关于孕育，关于萌芽与生长

关于阳光，关于雨水与大地

还有像龙一样播种春天的父老乡亲

我始终知道，于时光之外

爱，一直在向我走来

# 暖·爱

寒流来袭——
这一年的花和叶　纷纷老去
你在世界那一端
遥遥送来的暖
却一季又一季
融了冰　融了雪
永远年轻

岁月是古时厚重的箱笼
你将心事细细折叠
一层层铺开
时光沉下久远的香
那些芬芳的爱
就这样随云　随风
随着阳光伸出的翅羽
缓缓走来……

# 我的思念住在花里面

夜色里的桐花

是一个高高的童话

那里的灯晕

漾起妈妈柔美的笑

我够不到　只日日盼着

用你的笑笼住我，我就不冷

月牙弯弯

钩住爸爸的衣角

他就不会，再走到

找不着的远方

夜色里的桐花

是一个遥远的童话

那里有爸，有妈，有家

高也不怕　远也不怕

我的思念住在花里面

时光是粉红色的暖

我们都在时光里，从未走散